KOTTER
EDITORIAL

Coordenação editorial: Sálvio Nienkötter
Editor-executivo: Raul K. Souza
Editora-adjunta: Isadora M. Castro Custódio
Editores assistentes: Daniel Osiecki e Francieli Cunico
Capa: Paula Villa Nova
Editoração: Carlos Garcia Fernandes
Produção: Cristiane Nienkötter
Preparação de originais: o Autor
Revisão e foto do autor: Akira Nishimura

Dados Internacionais de Catalogação na Publicação (CIP)
Angelica Ilacqua CRB-8/7057

Mattoso, Glauco
Cem novidades : dissonnettos anthologicos / Glauco Mattoso. -- Curitiba : Kotter Editorial, 2020.
112 p.

ISBN 978-65-86526-22-6

1. Poesia brasileiraI. Título

CDD B869.1

20-2323

Kotter Editorial Ltda.
Rua das Cerejeiras, 194
CEP: 82700-510 - Curitiba - PR
Tel. + 55(41) 3585-5161
www.kotter.com.br | contato@kotter.com.br

Feito o depósito legal
1ª Edição
2020

Glauco Mattoso

SUMMARIO

9 NOTA INTRODUCTORIA
11 KABBALA QUE SE EGUALA [0555]
12 TREZ DESEJOS [0001]
13 NEVER TRUST ANYONE OVER THIRTY [0025]
14 VERGONHA ALHEIA [0028]
15 QUEDA LIVRE [0030]
16 PARTIDOS QUASI POPULISTAS [0035]
17 BARDI REMETTENTE [0071]
18 PRIMEIRA RHAPSODIA CAMONEANA [0082]
19 MANIFESTO ALLARMISTA [0092]
20 HAPPY HAPPENING [0167]
21 MEMORIA NACIONAL [0265]
22 CENSO SEM SENSO [0266]
23 "SAPATA AMA A TAPAS" [0284]
24 "É, DE FATO, XOXOTA FEDE!" [0285]
25 ODE AO IRRUMADOR [0286]
26 "OH! NO PÉ ME PONHO!" [0291]
27 "E SUBA, E ME ABUSE!" [0293]
28 ODE COPROCTAL [0304]
29 "ELLE PODE, POR ACASO, SACAR O PÉ DO PELLÉ?" [0305]
30 "É PEOR A TARA DA RATA: ROE PÉ!" [0306]
31 ODE À SATYRIASE [0307]
32 ODE À BOCCA PEQUENA [0308]
33 PUPPY PLAY [0309]
34 RHAPSODIA RIMBAUDIANA [0331]
35 RHAPSODIA GENETIANA [0332]

36 LEI DA PALMADA DE MURPHY [0360]
37 PHANTASIA DE PIRATA [0376]
38 QUEIJO LUNAR [0386]
39 OGRE DE GREGO [0387]
40 EXERCICIOS ESPIRITUAES [0388]
41 SEM ENSEJO DE FESTEJO [0391]
42 LICÇÃO DE CASA [0392]
43 ALHEIA VERGONHA [0393]
44 MAUS FLUIDOS [0397]
45 LINHAS TORTAS [0398]
46 YOU'VE LOST THAT LOVING FEELING [0403]
47 CELLA ESPACIAL [0404]
48 OFFENSA QUE COMPENSA [0406]
49 POLITICA QUANTICA [0409]
50 DAMNE-SE A AMNESIA! [0411]
51 CLAUSULA TESTAMENTARIA [0412]
52 HE'S GOT A WOMAN [0414]
53 REVOLVENDO O TERRENO [0415]
54 EVE OF CONSTRUCTION [0416]
55 TROCA-TROCA [0418]
56 COCEIRA NA SOBRANCELHA [0419]
57 TORPES LABÉUS [0420]
58 IDYLLICO COLLYRIO [0423]
59 ASSEIO DOS FEIOS [0428]
60 MARRENTOS CEM POR CENTO [0429]
61 SEMBLANTE RADIANTE [0430]
62 REHABILITAÇÃO FUNCCIONAL [0431]
63 SEGUNDA RHAPSODIA DELPHINIANA [0432]
64 QUEM CHEIRA DEIXA CHEIRAR [0437]
65 FEEDBACK IN BLACK [0443]

66 SMELLS LIKE A TEEN SNEAKER [0446]
67 COPROPROSOPOPÉA [0447]
68 SOLUÇÃO DE CONTINUIDADE [0449]
69 AND THE SUN WILL SHINE [0451]
70 GESTO INDIGESTO [0463]
71 NO CU DO GURU [0468]
72 FOLKLORICO HISTORICO [0471]
73 CALLIGRAPHIA DISCURSIVA [0476]
74 MENINISCENCIA [0478]
75 NOJENTO CORRIMENTO [0479]
76 PRAIEIRA PICHAÇÃO [0480]
77 DIARRHÉA COM PLATÉA [0482]
78 BONS DONS [0484]
79 VERVE QUE FERVE [0485]
80 ENTREGA CEGA [0486]
81 PIZZONA DA NONNA [0487]
82 LUCTA LIVRE [0488]
83 PROLIXA FIXAÇÃO [0489]
84 PACTO INEXACTO [0490]
85 REGRAS DESCAGADAS [0496]
86 IDÉA DE GERICO [0497]
87 AZEDA TANGERINA [0503]
88 PAPPO DE LAVADEIRA [0505]
89 DIA DO DIABETICO [0511]
90 DE PYJAMA NA CAMA [0514]
91 ATTIRADORES DE ELITE [0515]
92 MEIO CHEIO [0520]
93 PANNOS QUENTES [0523]
94 IDEAL BIENNAL [0524]
95 MEU PAU, O DELLE [0529]

96 ETERNO CALOR MATERNO [0533]
97 JURURU COM PIRIRY [0535]
98 MYSTICO DIAGNOSTICO [0538]
99 DELICATESSEN DELIVERY [0542]
100 JARDINS SUSPENSOS [0544]
101 ROPTINA NATALINA [0546]
102 MILAGRE PREVISIVEL [0548]
103 LAVAGEM PORCORAL [0551]
104 APPOSTAS PELAS COSTAS [0552]
105 YO NO SOY MARINERO [0556]
106 TURMA DO MALÃO MAGICO [0558]
107 LENDA URBANA [0562]
108 OUTRA LENDA URBANA [0563]
109 DURA ADVENTURA [0565]
110 SCENA TERRENA [0566]

NOTA INTRODUCTORIA

Entre 1999 e 2012, sonnettizei meus themas "barrockistas", "deshumanistas" ou "pornosianos" dentro dos limites estrophicos, metricos e rhythmicos do genero, cujo molde se characteriza essencialmente pelos quattorze versos, comquanto admitta variações rhymaticas. Encerrada aquella producção, passei a pesquisar novas estrophações em differentes moldes, como no madrigal, na ode ou na rhapsodia heroicomica. Entretanto, muitos daquelles milhares de sonnettos accabaram reestrophados em quattro quartettos, modalidade que baptizei como "dissonnetto" e colligi em varios volumes, desde aquelle intitulado DUZENTOS DISSONNETTOS ANTHOLOGICOS, mantendo a numeração original dos sonnettos. Mais recentemente, outros tantos poemas novos foram compostos em quattro quartettos, aos quaes caberia a mesma denominação. Dahi a opportunidade deste volume, cuja numeração se refere ao archivo ACERVO NOVO, a partir de septembro/2018. Cabe resalvar que o decasyllabo heroico segue sendo meu parametro esticholologico predilecto e a thematica satyrico-fescennina minha voz favorita, marcas registradas duma lyra cegamente revoltada.

KABBALA QUE SE EGUALA [0555]

Quinhentas e cincoenta e cinco vezes
sonnettos fiz, dez vezes mais, até.
Nem todos só versando sobre pé,
mas muitos à feição dos portuguezes.

Agora poucos faço. Mais freguezes
serão meus "dissonnettos" duma fé
na formula quadrada, que não é
supporte para assumptos mui cortezes.

Pensei: quattro quartettos dão perfeito
formato, bem melhor que o do sonnetto.
Não é que o molde classico obsoleto
esteja, mas com este mais me adjeito.

Um novo desaffio não acceito
appenas porque possa ser espeto.
Só neste teste insolito me metto
pois, caso vire vicio, me deleito.

TREZ DESEJOS [0001]

Ouvi de meu demonio: “Tu possues
direito a trez desejos!” Da primeira
vez, classico pedi para ser. Crus
calões poz-me Satan na penna arteira.

Pedi, pela segunda vez: “Jesus,
som quero nos meus versos, com inteira
orchestra philharmonica!” Fiz jus
ao peso dum rockeiro na pauleira.

Restou-me um só pedido. Ja deduz
alguem que aos céus pedi que de maneira
nenhuma me cegassem. Urubus
mais sorte teem, visão teem mais certeira.

Castanhos os meus eram. Os suppuz
azues, si cor pedido for: “Zeus queira!”
Quiz Juppiter: meus olhos são azues,
opalla, mas opaca, na cegueira.

NEVER TRUST ANYONE OVER THIRTY [0025]

Segundo um lemma hippie dos sessenta,
amor será canção, si bem cantada.
Mas quando a lettra a gente apprender tenta,
que é longa verifica a passo cada.

Longuissima não é nossa jornada,
porem essa versão, que se appresenta
a titulo de amor e tanto aggrada
aos jovens, é prolixa, muito lenta!

Até que a decoremos, ja noventa
teremos e qualquer pessoa amada
ja morta ou ja gagá será! Cinzenta
veremos, ja sem cores, a alvorada!

Não quero parescer turrão, mas fada
nenhuma nos garante que ʻinda aguenta
erecto um membro appós tanta cantada
negada, tanta musica agourenta...

VERGONHA ALHEIA [0028]

Me lembro: “gay” appenas, certa vez,
calhou com mais leveza ao que “veado”
e “bicha” tinham sido, em portuguez
mettido a linguajar globalizado.

Depois, “geeleesse”, que se fez
ouvir, foi “boa” sigla. Não do aggrado
meu, farto que fiquei de, todo mez,
mudarem as palavras de algo “errado”.

Mas “elegebetê” pensam vocês
que basta aos imbecis? Não! Ja me enfado
de tanta lettra nova! Alguem talvez
tem “elegebetequemais” usado?

Então vou suggerir, sem mais porquês,
signaes de egual, arroba, sublinhado,
cerquilha, porcentagem... Qual nudez
terá a diversidade conquistado?

QUEDA LIVRE [0030]

Em sonho, estou do abysmo sempre à beira,
arranhacéu, penhasco, torre, ponte,
ja quasi... Ninguem peça que eu lhe conte
que medo é o de morrer! Ah, ninguem queira!

Vislumbro até o sorriso da caveira!
Penduro-me, me aggarro... Estou defronte
à restia de esperança no horizonte...
Ja a salvo, viro o rosto à ribanceira!

Repete o pesadello tal roptina,
até que, numa noite, estou curvado,
olhando para baixo, sem cuidado
nenhum. Pesada angustia me domina...

Mas, desta vez, eu mesmo minha signa
decido... e pullo! Nesse instante, o lado
humano compta... e temo! Outro comptado
instante, e nada sinto! Quem nos nina?

PARTIDOS QUASI POPULISTAS [0035]

As siglas partidarias caso são
loquaz, mas byzantino, si com isso
se importa quem observa. Compromisso
nenhum o nome encerra com o pão.

Exemplo: "Progressista". Que noção
se tem de progressismo? O ja cediço
lettreiro da bandeira causa enguiço
si formos no "Ordemismo" ver razão.

"OR" pode ter com "Organização"
e "DEM" com "Democratica". Mas iço
eu causa alguma que 'inda algum feitiço
exerça sobre a mente do povão?

Fedor de dictadura a ordenação
implicita suggere, com sumiço
de idéas e pessoas. Desserviço
taes lemmas prestam, feito um circo vão.

BARDI REMETTENTE [0071]

Pietro Maria Bardi me escrevia,
de oitenta e hum a charta, que o JORNAL
DOBRABIL lhe surpresa fora tal
que à sua estante iria aquella via.

Idéa inexhaurivel, serviria
a algum estudioso do fatal
futuro, como prova cultural
dos tempos que viveramos um dia.

Não é que, em nossos dias, quem diria,
seu proprio MASP iria expor-me, egual
a um plastico artezão em biennal,
a titulo de erotica graphia?

Meu idolo foi elle, que podia,
em annos de censura, armar mural
pornô, "merda" pichar, qual nu frontal,
em seu proprio museu, por anarchia...

PRIMEIRA RHAPSODIA CAMONEANA [0082]

No verso da "Minh'alma que partira..."
não era só cacophato o problema.
Camões insuperavel foi na lyra,
mas, clara, a voz nem sempre foi extrema.

Ninguem vae "se partir", salvo quem gema
de dor ao "se quebrar". Alguem que em mira
tem ir-se, appenas "parte". Nesse thema
da fuga, quem pronome põe, delira.

Alguem que "vae", às vezes, sim, "se vae".
Mas não "se parte" alguem que só "partiu",
siquer si foi chamado pelo Pae
ou ouve, de Satan, chamar um psiu.

Eu mesmo "me fodi", quando alguem riu
dum cego que esperneia e de seu ai.
Porem jamais "fodi", si num chibiu
não metto. Vae que eu metto e elle não sae!

MANIFESTO ALLARMISTA [0092]

"Adviso, esse é o primeiro: a coceirinha!
Segundo adviso é o proprio pente seu!
Cabello que começa a cahir..." Eu
gostava desse annuncio em cada linha.

Creanças, o imitavamos e minha
voz era até maccabra: "Percebeu?
Cabello, quando cae, amigo meu,
inutil é testar qualquer mezinha!"

Qual tonico, qual nada! A ladainha
da droga capillar ja convenceu
alguem? Quer elle rico, quer plebeu,
careca ficará, bem depressinha!

Um leigo intelligente ja adivinha:
Calvicie é biologica! Um atheu
dirá que ter cabello é qual meu breu,
é sorte, mas o azar com Zeus se allinha.

HAPPY HAPPENING [0167]

Expertos marketeiros poesia
propagam de diversas formas: um
collou, bem na Paulista, à luz do dia,
seus versos na parede. Foi pa-pum!

Um outro menestrel fingiu ser guia
de cego. Poz nas costas desse assum
branquello um villancete e, pela via,
a todos exhibiu algo incommum.

Proponho, por meu turno, o que seria
um readymade incrivel: basta algum
basset, de colletinho, na alegria
rueira, portar versos! Soube dum?

Então! É novidade! No bumbum,
até, pode mostrar uma sadia
quadrinha, com morrinha, com bodum,
e logo vae aquillo ser mania!

MEMORIA NACIONAL [0265]

Passou de general a general,
de Ernesto Geisel para Figueiredo,
o cargo -- num paiz sem parlamento
nem voto popular -- de presidente.

A midia perguntou, como é normal,
ao novo commandante que, mais cedo,
"abrir" nos promettera, si sustento
daria a affirmação tão surprehendente.

No seu malhumorado e pessoal
estylo, o presidente a quem, sem medo,
pergunta tal fizera, deu alento,
mas sempre em tom mandão e prepotente:

"Achou que, então, menti? Mil vezes tal
resposta dei! Abrir é lei, não cedo!
Quem não cumprir, eu prendo, eu arrebento!
Alguem quer me testar? Quem quizer, tente!"

CENSO SEM SENSO [0266]

Castrense e anticastrista, ja na phase
de liberalidade no regime
que, "lenta e gradual", foi de "abertura"
chamada, mellindrou-se um general.

"Nem Cuba, nem cubismo!" -- fallou, quasi
querendo com aquillo que isso rhyme.
Dizia a classe media que a censura
até que não fazia tanto mal...

Nem tudo censurou-se. Foi na base
do chute, sem valor algum que estime
alguem sem compromisso com cultura.
Jamais um censor passa de boçal.

Agora ainda querem que não vaze
siquer algum indicio que no crime
implique outro politico! Não dura
governo tão retrogrado, é fatal...

“SAPATA AMA A TAPAS” [0284]

E tu, quando umas lesbicas mencionas,
chamal-as quererás de sapatonas?
Si p’ra diversidade os olhos tapas,
por certo não são ellas tuas chapas.

Amigas minhas duas são e connas
teem ambas. Entre si, não são mandonas.
Porem, os que na lingua não teem pappas
as chamam de sapatas. Não excappas.

Aquella imagem dura de amazonas
nem todas teem, nem todas valentonas
são, como no palindromo. Más nappas
mau cheiro tambem sentem nas priapas.

Nem mesmo certas putas, pelas zonas,
imagem teem da nympha que ambicionas.
Portanto, um ideal que nem nos mappas
está, tão facilmente tu não pappas.

“É, DE FATO, XOXOTA FEDE!” [0285]

Dos jogos palindromicos quem for
adepto certamente corrobora
a phrase repellente e sem pudor
que expoz as genitaes duma senhora.

Até mesmo quem cheiros maus adora
concorda que a boceta tem fedor
terrivel, si cheirada bem na hora
fatal, naquelles impetos de amor.

Quem for da cunnilingua fan suppor
irá que nada altera nem peora
aquillo que se espera do sabor
lambido, a peixe podre egual, embora.

Porem, na má graphia que vigora
agora, na “chochota” xiz foi pôr
quem “facto” grapha “fato”. Os erros fora,
fazer não vou juizo de valor.

ODE AO IRRUMADOR [0286]

Diego me provoca novamente,
dizendo que, no video, o gordo fode
do cego a bocca à força, bem sciente
de como se engasgar o otario pode.

Eu fico ouriçadissimo! Na mente
bem sinto dos pentelhos no bigode
o odor forte de mijo, repellente,
mas preso sou nas mãos do obeso bode.

Um penis só supporta, tão premente,
um cego ou travesti, dizer accode
à verve do Diego que, inclemente,
instiga a que, na bronha, ja me açode.

Só penso nisso: um cego ja se sente
inerme e sem excolha. Alguem que rode
com elle de joguete, de repente
é feio, mau e sujo: um thema à ode.

"OH! NO PÉ ME PONHO!" [0291]

Em termos de palindromo, o poeta
dispõe de mathematico instrumento
que pode, eventualmente, dar sustento
a ambiguo senso ou synthese indirecta.

Assim, aqui tal phrase se interpreta
nos dois sentidos: nobre, quando eu tento
suppor que num pé metrico me assento,
e pobre si em postura baixa, abjecta.

No caso principal, o que me affecta
somente se refere ao movimento
syllabico, si estou ao rhythmo attento,
e tenho o molde fixo como meta.

Porem, quando colloco-me em completa
e reles submissão a um chulepento
pezão, me torno o bardo que, a contento,
performa a perversão feito um estheta.

“E SUBA, E ME ABUSE!” [0293]

Subir, neste palindromo, podia
ser, para mim, pisar minha cabeça,
mostrar ao cego aquillo que meresça
alguem que se dispõe à putaria.

No “trampling” este gesto propicia
completa submissão de alguem que desça
à baixa posição, duma travessa
solinha ou dum solão sob a folia.

-- Em cyma de mim suba! Ande na via
recurva do meu corpo! Pela advessa
e torta direcção, me torne espessa
camada de soalho ou lage fria!

-- Abuse de mim! Faça a allegoria
da phrase ser verdade, que acontesça
um acto que jamais o vate exquesça!
Transforme esse vil motte em poesia!

ODE COPROCTAL [0304]

Palindromos me excitam. Um me toca:
“O cu toco! Cocô cotuco!” O odor
no dedo fica. Alguem, claro, se choca.
Estou é nem ahi. Sou chulo auctor.

Si cego ja fiquei, que perco a cor
saber me basta. Aqui na minha toca
trancado, algum prazer é de suppor
que eu tenha, si o leitor não for boboca.

Portanto, curto, quando não a coca,
o coco ou outro doce de sabor
guloso, o meu cocô mesmo, que, em troca,
me brinda com seu typico fedor.

Aquelle que boboca aqui não for
na certa percebeu que quem colloca
o dedo no cu cheira do Senhor
a Sua melhor obra, que Elle invoca.

“ELLE PODE, POR ACASO, SACAR O PÉ DO PELLÉ?” [0305]

Pelé não tem dois eles. Acho chato.
Palindromos dependem da graphia
errada, a reformada. Mas eu tracto
de pol-os, mesmo assim, na poesia.

Saquei, sim, do Pelé seu pé. Formato
normal tem elle, embora a Xuxa ria
dum pé que diz ser torto. Desaccapto
paresce-me: despeito da tithia.

Garrincha, sim, teria, ao que constato,
pé torto. Porem Elza nunca chia.
Estive, ja, com ella. Que contacto
bacchana que foi! Tive essa alegria!

Contou-me Elza: cortava de seu gatto
as unhas do pezão. Talvez um dia
eu corte as do Chulapa... Mas, de facto,
somente em sonho o lance rollaria...

"É PEOR A TARA DA RATA: ROE PÉ!" [0306]

Bem, "ratta" lettra dupla tem. Porem,
precisa, no palindromo, ter uma,
appenas, pois sinão a coisa sem
effeito vae ficar, se desarrhuma.

Mas vamos ao que importa. Fallou quem
que pé roer é tara? Coisa alguma,
não é tara! Magina! Não é nem
siquer um abnormal fetiche, em summa.

Eu mesmo tenho tara que desdem
maior, muito peor, se me advoluma
na critica academica: me vem
o orgasmo quando um pé sobre mim rhuma.

Tesão, ao meu, egual, bem poucos teem.
Daquelle que, pisando-me, se appruma,
eu lambo o calcanhar, o dedão, em
total transe... Ora, a ratta que se assuma!

ODE À SATYRIASE [0307]

Palindromos propondo, um ja se gaba:
"O Zé dá dez, ó!" -- falla, muito affoito.
Indago-lhe: "O tio Zé dará dezoito?"
O satyro tem fama alli na taba!

Ignoro si Thio Zé tambem enraba
ou molha só de frente seu biscoito.
É facto que erecção elle tem braba,
daquellas que supportam muito coito.

Caralho! Tal tesão, que nunca accaba,
eu sonho ter tambem, porem me admoito,
sabendo que não é qualquer vagaba
que quero que pernoite onde pernoito.

Sem phallo onde expalhar a minha baba,
às vezes sou eu mesmo que me açoito.
Mas basta do Thio Zé levar biaba,
que eu abro o meu cabaço e não me accoito.

ODE À BOCCA PEQUENA [0308]

Dizendo "Roda, cu de educador!"
Alguem fez um palindromo que nua
porá a reputação do professor
que em meio a seus alumnos se insinua.

Será verdade? Pode alguem suppor
um mestre tão discreto, que vem sua
materia leccionando com louvor,
o cu vulgarizando pela rua?

Duvido. Talvez seja só rumor.
Algum alumno senta-lhe tal pua,
quem sabe, reprovado... Mas a dor
desforra quem os outros prostitua?

Não posso prejulgar. Vae que, si for
olhar bem direitinho, o cara actua
tal como eu proprio actuo: chupador
sou, mas dou sim, tambem, si estou de lua.

PUPPY PLAY [0309]

Cãesinhos admestrados a brincar de,
estão muitos rapazes que, na scena
do sadomasochismo, chegam tarde
e pensam ser a coisa mais amena.

Otarios! A pigmenta não lhes arde
nos olhos e nenhum desses "cães" crê na
vidinha de cachorro quando, à tarde,
passeia com seu "dono", praça em plena...

Vivessem na Argentina, quando allarde
faziam do "canil" os que, sem pena,
soffreram taes maus tractos, e covarde
qualquer delles seria ante uma hyena!

De tudo que rebaixa, fede, encarde
não sou jamais do typo que condemna
a practica, mas nunca foi com ar de
modismo que cão cego fui na arena.

RHAPSODIA RIMBAUDIANA [0331]

Si credito nós dermos ao que vem
do proprio, chulé tinha aquelle vate
tão joven, genial como ninguem
foi nessa breve edade em tal quilate.

Chulé todo francez, por certo, tem,
embora assumpto seja de debatte.
Rimbaud, porem, confessa que tem, sem
pudor, chulé de mezes. Disparate?

Não era, si pensarmos que ruim
a meia cheira quando longa data
passou e está calçada. Para mim,
ler isso só confirma a noção grata.

Sim, delle ser eu quero o cherubim
que irá recepcional-o, si se tracta
de entrar no Paraiso. Posso, assim,
taes meias descollar da sola chata.

RHAPSODIA GENETIANA [0332]

Na França, gorgonzola "roquefort"
ficou sendo. O chulé, por outro lado,
ficou, quando fortissimo, chamado
de cheiro desse queijo, de tal sorte.

Porem, reconhescendo ser bem forte
o cheiro de seus pés, teve cuidado
Genet de que o chulé mais comparado
seria a um "port-salut" que a gente importe.

Talvez Ruth Escobar tenha mais arte
e esteja, ao escrever, mais informada
accerca dos odores da affamada
franceza queijaria, nausea à parte.

De minha parte, nada que me farte
exsiste mais que a meia mais suada,
usada por um homem: não ha nada
mais digno de que a lyra não descharte.

LEI DA PALMADA DE MURPHY [0360]

Mamãe, que seu filhinho não maltracta,
com todo o jeito pede. Mas, por mero
capricho, o filho grita com voz chata:
“Não quero, mãe! Não quero, mãe! Não quero!”

Fingindo não ouvir sua bravata,
com toda a paciencia nesse lero
insiste ella, mas ouve a phrase ingrata:
“Não quero, mãe! Não quero, mãe! Não quero!”

Papae, que julga aquillo ser mammata,
quer ordem e intervem num tom severo.
O filho, mais gritando, o pae destracta:
“Não quero, pae! Não quero, pae! Não quero!”

Si filho meu assim me desaccapta,
sabendo que tal coisa não tolero,
a chance de que nelle eu nunca batta
será, naturalmente, egual a zero.

PHANTASIA DE PIRATA [0376]

Estava accommodada a gente em terra
de tantos carnavaes sem quarta-feira,
mas, quando a quartelada à brazileira
periga reprisar, a gente berra.

Ja vimos esse filme. Quem se ferra
na volta da moral e costumeira
facção, é o cidadão, não só quem queira
nas artes battalhar como na guerra.

Nós somos defensores duma via
pacifica de lucta, que não usa
fuzil, canhão nem tanque, mas accusa,
critica, satyriza, denuncia.

Nós somos os que brincam na folia
e disso não abrimos mão, traduza
a coisa quem quizer. É nossa musa
a vida. Munição, a poesia.

QUEIJO LUNAR [0386]

Nós tinhamos cabeça ja na Lua.
Puzemos o pé nella, ja, tambem.
Ninguem, porem, conhesce bem a sua
occulta face. E então? O que la tem?

Ainda a van sciencia continua
fallando em marcianos. Falta alguem
fallar nos selenitas. Attribua
ao bicho você tudo o que lhe vem...

Verdinhos? Teem trez olhos? Teem antennas?
Será que são carnivoros? Que medo!
Teriam estaturas tão pequenas
que mal ultrapassassem nosso dedo?

Nem penso nessas coisas. Penso appenas
que tenham pés enormes e que eu cedo
a todos. Imagino loucas scenas
podolatras! Chulé terão? Azedo?

OGRE DE GREGO [0387]

Descrevem-me um subjeito duns quarenta
e poucos, relaxado, negligente,
que decadas a mais ter apparenta.
Aos olhos, lembra tudo que affugente.

Que é feio, não dirão. Que tem nojenta
figura, não, tampouco. Falla a gente
que monstro é, nojentissimo, que obstenta
no rosto o que um gorilla tem de frente.

Peor. Tem bocca torta, larga venta,
beiçola arreganhada, podre dente,
a pelle exburacada... Ah, sim! Sebenta
na rolla. Lixa, a sola chulepenta.

Somente si for cego um cara aguenta
chupar alguem tão rude e repellente.
Masoca, appenas, logo se accrescenta.
O cego serei eu, naturalmente.

EXERCICIOS ESPIRITUAES [0388]

Me deixe imaginar que imaginava
você que minha lingua salivosa
lhe lambe, lenta, as solas e lhe lava
os callos, que com isso você goza!

Me deixe imaginar, suave escrava,
suave como petala de rosa,
a lingua, que a cegueira mais deprava,
causando sensação deliciosa!

Assim imaginando, você bota
um cego no devido logar, onde
está pelo destino quem a quota
lhe deve quando, rispido, responde!

Appenas que escutar deva a chacota
e, para que o castigo se arredonde,
a lingua lavará tudo que a bota
deixou entre os artelhos, e se esconde...

SEM ENSEJO DE FESTEJO [0391]

Estavam hackeando o cellular
do vice, do ministro, do juiz...
Flagraram muito pappo, p'ra mostrar
que tudo fajutar a turma quiz.

Foderam-se, porem. Appós pegar
um delles, rastrearam os perfis
de todos os demais. Deram azar
e estão no xilindró, como se diz.

Mas fica uma pergunta... Si tem tanto
bandido, como hacker, invadindo
os nossos cellulares, com expanto
saber quero: o problema ja tá findo?

Ou vão continuar, em cada cantho,
roubando sem pudor nosso bemvindo
salario de miseria, sei la quanto
das comptas de milhões? Eu não, não brindo!

LICÇÃO DE CASA [0392]

De novo o bullyingueiro me provoca
e exige que imagine scena assim:
o cego respondão levou, em troca,
castigo de encommenda para mim.

Nem posso reagir. Elle colloca
o pé na minha cara, pois ja vim
aqui me rebaixando, bem masoca.
Nem falla nada, disso nem a fim.

Está bem à vontade. De repente,
tirou da minha lingua a sua sola,
deixando-me no vacuo, rente, em frente
do nada, da risada que me trolla.

Então, com seu pau batte, prepotente,
na cara do cegueta que, de esmolla,
bem sabe o que fazer, pois ja se sente
punido, ou premiado, ou delle bolla.

ALHEIA VERGONHA [0393]

Dercy Gonçalves disse: palavrão
não é "foda", "caralho", "merda", "porra".
É fome, guerra, abuso, corrupção
e tudo que de males taes decorra.

"Decreto" ou "portaria" mais calão
traduz que "putaria". Alguem que morra
na fila do hospital é chulo, não
casaes no frango assado ou na gangorra.

Os juros, excorchantes, indecentes
se tornam mais que curra numa bella
donzella. Quando botam pannos quentes
num crime escandaloso, mais se mella.

Politico que emprega seus parentes
no typico "cabide" mais sequela
provoca que quem morde e exfrega os dentes
na pelle do cacete emquanto o fella.

MAUS FLUIDOS [0397]

Agosto, na politica, tem fama
de tragicos eventos. Ora, alguem
duvida dum agouro que reclama
cuidados? Quem do azar medo não tem?

Batata! A deputada cae de cama
e morre estertorando! De refem
é feito um senador! Outra na trama
corrupta, ao ser flagrada, a surtar vem!

O proprio presidente não excappa
dum surto, da renuncia, do processo
de impeachment pelas coisas que, à soccappa,
ja fez, fará, faria, réu confesso!

Em meio ao pesadello, minha nappa,
que entope, fedor sente! Emquanto peço
soccorro, o ranho grosso que me tapa
sae! Passa agosto, e ao somno ja regresso...

LINHAS TORTAS [0398]

Está Sancta Thereza, volta e meia,
de novo na berlinda. Morei la
em annos septentistas, quando ja
creava alguma coisa que se leia.

O bonde ainda sobe, serpenteia
por ruas imperiaes e voltas dá
na beira dos abysmos, mas eu ca
commigo indago: "Em bondes ha quem creia?"

Sim, penso que o bondinho representa
aquillo que é possivel preservar,
num seculo tão vandalo e vulgar,
de magico, ou nonsense, nos septenta.

Em plena dictadura, a gente attenta
estava ao pacifismo, sem lunar
nem sonho marciano, um par a dar
os termos "amor livre", em marcha lenta.

YOU'VE LOST THAT LOVING FEELING [0403]

Pergunta-se José que, triste, está
perdendo o seu amor, tal qual me vi:
"E agora, José?" Como ficará?
"Hey Joe, tell me now what you're gonna do!"

Depois que, mais maduro, ficou ja
da vida desprendido, "Let it be!"
comsigo pensa, cada vez que va
perder mais um amor, feito um tabu.

Na vida mais amores José vê
perdidos. Se entristesce, mas sorri,
sabendo não haver quem jeito dê,
e pensa: "Solitário serás tu!"

Ja velho, se appaixona. Agora crê
que exsiste sentimento: "Ja perdi
demais! Não me abbandone! De você,
amor, dependo! "Oh, Lord, I'm feeling blue!"

CELLA ESPACIAL [0404]

Eu moro, vejam, numa verdadeira
caixinha! Sim, de phosphoro! Os apês
de classe media, aqui, de quem os fez
reflectem a cabeça de toupeira!

É tão pequeno o apê que, caso eu queira
vestir um paletó, dou, toda vez,
com minha mão no tecto ou, vão vocês
rir mesmo, na parede! É brincadeira?

Me expremo, entre as poltronas e o sofá,
si quero pela salla deslocar-me,
e quando, na cozinha, tento achar-me,
mal entro e minha mão queimada está!

Nem caio mais da cama, pois não ha
um vão tão largo assim! Não sei quem charme
enxerga em tal apperto! Caso o allarme
dispare, p'ra sahir daqui nem dá!

OFFENSA QUE COMPENSA [0406]

Judiam da ruivinha, Glauco! Nella
penetram, mas na bocca! A rolla affunda
até que se suffoque! Em sua bunda
bastante battem! Zoam a cadella!

Sim, chega a vomitar, pois na goela
a rolla bomba à toda! Bem immunda
e bruta a scena fica! Bella tunda
lhe deram, Glauco! Como a puta fella!

Os videos desse typo ja são bem
communs! Você, que é cego, é quem se priva
de scena tão explicita e lasciva!
Glaucão, que puta azar que você tem!

Mas resta-lhe um consolo, ja que sem
visão quem fica a mente tem bem viva:
Se veja no logar dessa passiva
vadia, cego! Sinta-se refem!

POLITICA QUANTICA [0409]

Fallei ja, no DOBRABIL, que cagar
é um acto, sim, politico, um humano
direito, ou de mijar. Delles me uffano,
tal como deste nosso linguajar.

Cagando estou, aqui neste logar
que chamam "solitario", mas me irmano
a todos que cagando estão. Insano
será quem pretender nos regular.

Cagar, um dia sim, um dia não,
não pode ser imposto por alguem
que caga sempre e nunca lava a mão,
que, porco, cagar regra ainda vem.

Si duro me sahir o cagalhão
não é porque poder sobre isso tem
quem mande e sim por causa da prisão
de ventre: em tal prisão cago, tambem.

DAMNE-SE A AMNESIA! [0411]

Poetas perguntados sempre são
accerca das razões, do que os motiva
a tanto versejar e manter viva
a lyra, a voz poetica, a canção.

Eu sempre respondia que a razão
estava na revolta vingativa
que nutro contra a pena que me priva
dum basico sentido, o da visão.

Tambem ja respondi que escrevo, não
por grana, nem por fama, mas saliva
gastei justificando uma afflictiva
mania, typo um vicio, ou compulsão.

Ja velho, me dei compta: a coisa tão
vital se torna, simples, decisiva!
Ou isso, ou, porra, a gente desactiva
neuronios que, babau, à morte irão!

CLAUSULA TESTAMENTARIA [0412]

Tractado tenho sido como mero
ceguinho que verseja, mas confio,
tranquillo, no meu tacco, tenho brio.
Resisto, creio, ao crivo mais severo.

Por isso deixo claro: chance zero
terá quem, só depois que eu desça ao frio
sepulchro, homenageie-me, eu que chio:
-- Não quero premios posthumos, não quero!

Recuse meu herdeiro, não permitta
qualquer typo de evento onde alguem queira,
do morto, celebrar esta cegueira
maldicta, a minha mystica maldicta!

Alguem em mim achou qualquer certeira
visão da poesia? Alguem me cita
ja como um immortal padrão de escripta?
Meu rosto observe, e não minha caveira!

HE'S GOT A WOMAN [0414]

Contou-me um vate: "Eu tenho uma mulher
no centro da cidade. Ella tem sido
legal commigo. Tudo o que eu decido
que faça, me faz ella, si puder..."

Pensei commigo: Tudo o que eu quizer
não faz siquer a puta, nem libido
alguma satisfaz o mais bandido
michê, si for masoca meu mester.

A coisa me paresce plagio raso
de lettra dum rockão la dos cincoenta.
Do bardo aquella lyrica apparenta
ser mero simulacro dum bom caso.

Alguem ja commentou que tira attrazo
o nosso menestrel com a sedenta
tithia que seus habitos sustenta.
Mas isso intimidade é, que eu não vazo.

REVOLVENDO O TERRENO [0415]

Tem gente que divide a Beatle era
em duas phases, muito differente
a "boa" (aquella cujo som a gente
curtiu e mais dansante considera).

Até sessenta e cinco o padrão era,
nas lettras, só paquera adolescente
em rhythmo ora mais lento, ora mais quente,
e nisso o nosso gruppo foi, sim, fera.

Depois de RUBBER SOUL, é controverso
aquillo que fizeram de vanguarda.
Uns acham que a notar a banda tarda
de Dylan o discurso, o tom do verso.

Alguns em SGT. PEPPER'S ja disperso
acharam todo o clima, feia a farda.
Depois, acham que Lennon se accovarda
compondo "Revolution"... Foi o inverso?

EVE OF CONSTRUCTION [0416]

Depois de meia cinco, os Beatles não
notaram que, nas lettras, o que vinga
é Dylan, Pete Seeger ou folksinger
do genero, o "protesto" de plantão.

Ficaram no "Te adoro, coração!",
"Te amei mas ja não amo!", "Nessa ginga
a gente vae dansar!", mas ninguem xinga
os donos do poder. Perdem a mão.

Talvez por isso os Byrds são, a partir
de então, mais antennados. Vermos basta
as lettras de teor iconoclasta
que gravam, antevendo o bom devir.

Si veiu ou si não veiu, decidir
só cabe a quem viveu aquella gasta
cultura que, "do contra", fama vasta
rendeu, da juventude um elixir.

TROCA-TROCA [0418]

Amigo meu, machão, me diz que evoca
seus tempos, ja distantes, de creança
e, rindo, um desaffio serio lança:
-- Quem é que não brincou de troca-troca?

Assumpto mellindroso! Aquillo choca
collegas de trabalho. Um segurança
da firma de citar jamais se cansa
a phrase do patrão que não se toca:

-- O cara até confessa que mais deu
o cu do que comeu! Como que pode?
Subjeito de respeito não se fode
assim! Vergonha alheia vou ter eu?

Mas, graça achando, o macho faz que seu
rival mais ciumento se incommode,
pois sabem quem fez barba, fez bigode,
cabello quem fez. Sabem quem cedeu.

COCEIRA NA SOBRANCELHA [0419]

Ainda sou dos olhos soffredor.
Um globo vem doendo muito, mas
demais mesmo. Nem posso mais, em paz,
coçar a sobrancelha, que dá dor.

O outro olho ja murchou e de suppor
seria que me desse tregua. Faz
que quieto fica agora, mas la attraz
ardia. Admanhan, torna a arder... Que horror!

Suppuz que, consummado o seu estrago,
cegando-me, faz tempo, por completo,
o sadico glaucoma agora quieto
deixasse meu olhinho, mas divago.

Não basta nos cegar, commigo trago
a dura conclusão. Do que interpreto
me resta só mais isto de concreto:
Da vida não fugi porque sou mago.

TORPES LABÉUS [0420]

Chamaram-me do que era maldicção
chamar, pois disso nada nos protege:
satanico, prophano, bruxo, herege,
sacrilego, blasphemo, atheu, pagão...

Disseram que pornô sou e que não
accapto uma moral, essa que rege
os versos e valores bons elege...
Disseram que só fallo palavrão.

Resalvo que, comtudo, um porem ha
naquillo que me accusam de fazer.
O furo mais abbaixo um pouco está
pr'aquelles que me querem entender:

Meu sonho usar a lingua, sim, será,
mas não para fallar e sim lamber!
Sim, quero abrir a bocca, mas me dá
vontade de que nella achem prazer!

IDYLLICO COLLYRIO [0423]

Que bello pesadello, gente, eu tive!
Paresce paradoxo, mas explico:
sonhei que eu enxergava bem e rico
de cores era o bosque em que eu estive.

De verdes, tons diversos, inclusive
nas aguas da lagoa, verifico
que tingem esse parque. Perto, um picco
rochoso o delimita, no declive.

Não quero despertar, pois si desperto
percebo que estou cego de verdade.
Sim, quero me mactar, e ninguem ha de
fazer-me desistir, eu lhes allerto!

De novo ja addormesço. Ja bem perto
estou de libertar-me desta grade
maldicta da cegueira. Ja me invade
o verde do jardim, a céu aberto.

ASSEIO DOS FEIOS [0428]

Frieira? Pé de athleta? Callo? Odor?
Pé chato? Olho de peixe? Rachadura
na sola? A solução vou lhe propor:
Saliva de mulher bonita cura!

Mijado pau? Prepucio queijador?
Biquinho de chaleira que segura
a porra? Sei dum jeito ao seu dispor:
Saliva de mulher nessa mixtura!

Você seu cu limpou appós cagar?
Não? Acha trabalhoso demais para
ser feito? O papelzinho mais vulgar
à lingua da mulher nem se compara!

Saquei! Quem se disponha a salivar
em falta está? Mulher de bella cara
tambem? Que tal um cego? Outro logar
tem elle? Eis a funcção que lhe calhara!

MARRENTOS CEM POR CENTO [0429]

Adeptos dum accordo que, por bem,
no sadomasochismo tenha base,
practicam tudo aquillo que essa phrase
"Só mando quando pedem!" de mau tem.

Bem sadico precisa ser alguem
que queira ter prazer completo, ou quasi,
embora ninguem haja que extravase
de facto seus desejos num refem.

Pudessemos fazer aquillo tudo
com outrem, que quizessemos, talvez
ninguem sobrevivesse, pois vocês
noção teem dum mandão ou dum marrudo!

Commigo mattutando, não me illudo.
Pudessem me cegar, como o marquez
de Sade diz em these, em tempos trez
eu era, alem de cego, surdo-mudo!

SEMBLANTE RADIANTE [0430]

Aquelle marmanjão que o pé me punha
descalço, chulepento, sobre a face,
queria que eu lambesse, que eu chupasse
sem pressa, sola, dorso, dedão, unha.

Tambem do meu azar ser testemunha
queria. Sim, queria que eu chorasse,
que lagrymas vertesse, rir da classe
de gente que entristesce e se accabrunha.

Emquanto eu lhe lambia a pelle grossa,
rachada, do encardido calcanhar,
queria ver-me quasi a soluçar
de inveja de quem tudo bem ver possa.

"Vae, lambe essa frieira, a que mais coça!
Não quero, meu, estar no teu logar!" --
dizia, sorridente, com olhar
brilhando de prazer, fazendo troça.

REHABILITAÇÃO FUNCCIONAL [0431]

Em vez de passar creme ou passar oleo,
em vez de mergulhar em agua quente,
em vez de empregar pedra que lhe exfolle o
pezão de solão grosso, opta o cliente.

O caso não provoca mais imbroglio
a pedicure algum que a pelle tente,
em vão, admaciar em quem não molhe o
seu aspero, cascudo pé carente.

Sim, basta no cascão usar saliva!
Sim, basta a alguma lingua dar funcção
de esponja, com acção bem effectiva
de creme emolliente! Por que não?

Ao prestimo um podologo se exquiva?
Não seja mais por isso, pois sou tão
submisso no serviço, que deriva
dahi "linguopedal", no meu jargão...

SEGUNDA RHAPSODIA DELPHINIANA [0432]

Em termos femininos, Alencar
concorda com Delphino quanto ao bello
formato dum pezinho Cinderello:
bem curvo, alto no peito e arco plantar.

Não fazem concessão os que tractar
do lindo objecto querem: no chinello,
na bota, no sapato, o seu singello
contorno deixa a marca modellar.

"O pé tem que ser cavo!" -- me dizia
um gay que no do macho mette a fuça.
"Precisa me lembrar montanha russa!" --
explica, com perfeita analogia.

E, emquanto gays ou heteros phobia
dum chato pé confessam, ja me aguça
a tara a plana prancha: mais que a buça
ao pau, tal pé bem calha à poesia.

QUEM CHEIRA DEIXA CHEIRAR [0437]

Na certa ao carioca não é tão
extranha moda aquella que mais arda
nos brios dum paulista: a aberração
horrenda de na pizza pôr mostarda.

Tambem o paulistano papellão
faria la no Rio usando farda
de punk em plena praia, cothurnão
na areia, branca pelle em vez de parda.

É tudo relativo. O meu puddim
(melhor do que o de pão) de mandioca
no Rio vão chamar puddim de "aypim".
Alguem por "macacheira" até ja troca.

Não curto qualquer gosto. Para mim
hamburger não é carne de minhoca.
Mas curtam! De chulé si estou a fim,
me irrita quando alguem diz que se choca.

FEEDBACK IN BLACK [0443]

Não basta ficar cego! Você tem
bastante que soffrer! Vae sentir dor,
ainda, para sempre! Por mais zen
que seja, será sempre soffredor!

Ha duas longas decadas ja sem
visão, cê não fallou que ver a cor
podia de memoria? Pois tambem
da dor se lembrará si sonhar for!

Bem feito, Glauco! Ou acha que irá alguem
dizer "Coitado!"? Ommitte-se o doutor
que tracta do seu caso? Legal, hem?
Nem elle quer fazer algum favor!

Pois é, meu caro: foda-se! Estou nem
ahi para você! Lhe fallo por
nós todos, que enxergamos muito bem
e somos, um por todos, seu leitor!

SMELLS LIKE A TEEN SNEAKER [0446]

Peralta adolescente, elle me narra,
tomado de justissimo, orgulhoso
fervor, que tem chulé tão malcheiroso
a poncto de excitar qualquer boccarra.

Diz elle que, descalço, mal exbarra
a sola no soalho, o pegajoso
suor deixa pegadas. Tenho gozo
suppondo que lhe lambo o pé na marra.

Respondo que esse odor adolescente
me enleva, a levitar nesse nirvana,
insisto que o fedor que delle emana
me dopa, mas que eu lamba não consente.

Sarrista, só permitte que eu me sente
aqui para cantar sua sacana
mania de trollar quem só se damna
nas dores da cegueira, descontente.

COPROPROSOPOPÉA [0447]

Cocô, quem te cagou? Tem tripas finas?
Alguma dama rica, joven, bella?
Será talvez algum gury traquinas,
um reles rapazelho magricella?

Cocô, que teu formato tu definas
não peço, ora cylindrico, ora aquella
lodosa massa que enche essas latrinas
do povo de cortiço ou de favella!

Cocô, qual cu cagou-te? De meninas
ou velhas? De vadias ou donzellas?
Daquelles agiotas mais sovinas
ou desses pobres recos sentinellas?

De todas as toxinas que eliminas,
aquella que, nos ares, mais mazellas
nos causa, contamina das propinas
mais altas às mais baixas bagatellas.

SOLUÇÃO DE CONTINUIDADE [0449]

Não quero opinião dar sobre a morte
nem quero ouvir a alheia. Opinião
do typo é como sobre a vida: são
diversas: cada qual com sua sorte.

Não quero opinião que me comforte.
Não quero nem saber quem dá razão
à minha opinião ou quem ja não
achou pesado o fardo que eu supporte.

Ja basta a divergencia que na vida
nós todos temos, dando ou não em briga,
cansados de empurrar com a barriga,
as magoas a affogal-as na bebida.

Ja accuso o que comemos de comida
sem gosto, o que cagamos de lombriga
por causa do que a gente não consiga
fazer sem que morrer não se decida.

AND THE SUN WILL SHINE [0451]

Não nasce o sol por minha causa, não
scintillam as estrellas pelo canto
dalgum poeta à sua amada. Não
percebo si da noite cae o manto.

A chuva não cahiu por mim só, não.
Cahiu porque rezou para algum sancto
o pobre lavrador. Porem eu não
me importo caso caia, nem me expanto.

O clima, ao trovador, varia appenas
conforme seus humores. Chove, sim,
por sua causa. Aquellas lindas scenas
romanticas são todas delle, sim.

As coisas não são grandes ou pequenas
só quando o sol raiou. São, isso sim,
pequenas alegrias, grandes penas.
Poetas mais valor lhes dão? Pois sim!

GESTO INDIGESTO [0463]

Baratta voadora? Disso Zeus
me livre! Caso desses, outro dia,
na casa dum ceguinho uma agonia
damnada provocou, amigos meus!

Contou-me esse coitado: deu addeus
a todas as visitas, pois queria
curtir a solidão, mas a alegria
durou pouco, foi coisa de plebeus.

Entrou pela janella, a desgraçada,
em tudo se chocando! Um cego não
consegue, nesses casos, fazer nada!
Na boba mão lhe exbarra a peste, então...

Na testa, nas orelhas, quasi em cada
centimetro daquelle cabeção!
Por sorte, elle, com uma só palmada,
mactou-a! Mas na bocca accerta a mão!

NO CU DO GURU [0468]

Foi pego num escandalo dos mais
ridiculos o grande guru, sem
direito de eximir-se. Entre as formaes
respostas, a mais vaga a seguir vem:

"Não sou quem monitora meus canaes
nas redes sociaes, na midia, nem
nos meios academicos. Jamais
teclei pessoalmente com ninguem."

Quem pode dizer isso (alem dos ais
queixosos de costume) sou eu, bem
veridico, num caso ou noutro, os quaes
de culpa não me eximem, eu tambem!

Mas elle mostra a cara! Faz as taes
ao vivo "transmissões", nas quaes é quem
se exhibe practicando os sexuaes
papeis que eu não exhibo, gente! Eu, hem?

FOLKLORICO HISTORICO [0471]

Ouviram do Pelé, num tom hilario,
que Zito bom motivo dava ao lado
sarrista desse elencho, que não vi
jogar, mas figurou no pantheão.

Pelé disse que Zito não tem pareo
em termos de chulé. Mais eu me aggrado
sabendo que elle "é serio mas sorri
si alguem tapa o nariz, abbanna a mão..."

Não é maravilhoso? O vestiario
inteiro fumegando o defumado
chulé do jogador! Todos alli
teriam que cheirar o chulezão!

Melhor, em vez do Zito, si o Romario
tivesse esse pé fetido, obrigado
que fosse todo o gruppo, do xixi
alem, a tolerar-lhe a gozação...

CALLIGRAPHIA DISCURSIVA [0476]

Usei espherographica, tambem,
alem duma a tincteiro preenchida,
mas nunca mais usei penna na vida.
Um cego o que pensar tem, isso sem.

"Canneta azul, azul canneta..." alguem
está cantando, ouvindo repetida
e triste ladainha, mas convida
a musica a pensarmos num porem.

Ja a charta não escreve mais ninguem
a mão: todos a querem redigida
na tela, num teclado. Ha quem decida
trocal-a por um audio ou algo alem.

Um genero nas lettras ja não tem
funcção: o epistolar. Menos comprida,
a phrase lapidar dum suicida
é "Fui!", que evita muito nhenhenhem.

MENINISCENCIA [0478]

Nos annos oitentistas, duma sola
mandaram-me o contorno, com canneta,
traçado no papel. Aquella colla
não peço mais a alguem que me remetta.

Depois que fiquei cego, me consola
appenas uma scena na punheta:
lembrar-me do pé chato que, de eschola,
collegas tinham, sola suja, preta.

Um delles me pisou e, como balla,
chupei-lhe o dedão grego, que me escita
até neste momento. Não se eguala
tal sola à que é, nos classicos, descripta.

Pés chatos, expalhados, vão na valla
commum ser exquescidos, mas bemdicta
à mente vem aquelle que me emballa,
no sonho, a phantasia mais bonita.

NOJENTO CORRIMENTO [0479]

Chupei, ja cego, um gajo que, de idéa,
bem sadico seria, que me fez
tragar um pau que tinha gonorrhéa
corrente. Dessa rolla fui freguez.

Houvesse me filmado, da platéa
infantojuvenil hoje talvez
eu fosse epico meme. Que geléa
corria! Que patê! Que sordidez!

Emquanto me fodia, ainda ria,
mandando que engolisse esse seu puz
com gosto de manteiga, de ambrosia
salgada! Até doente me suppuz!

Provei que, quando orgastica a agonia,
um cego se degrada, se reduz
a bicho com um furo onde lhe enfia
a rolla alguem que ainda advista a luz.

PRAIEIRA PICHAÇÃO [0480]

A praia nordestina sua cor
turistica perdendo vae, fetiche
frustrado. Quem mais querem que se lixe
com isso? O morador? O pescador?

Emquanto falta a alguem o que suppor,
alguma venenosa lingua -- Vixe! --
fallou que foi navio do "Greenpiche"
da mancha de petroleo o causador.

O povo, de mãos nuas, limpa a praia
que dessas negras ondas ficou cheia.
Nenhum moleque experto que alli caia
livrar vae sua pelle, nem a alheia.

Um delles seu pé limpa, até que saia
tudinho, pela mão que lhe tacteia
a sola: mão dum cego que, cobaya
fazendo-se, addemais, a massageia.

DIARRHÉA COM PLATÉA [0482]

A minha mente suja sempre indaga,
emquanto escuto um jogo, como faz,
sentindo caganeira, algum rapaz
em campo. No calção mesmo se caga?

Paresce que sim! Roga alguma praga,
naquelle mau momento, xinga, mas
não pode segurar o que, por traz,
a marca deixa, feito um pé da zaga.

Sim, fica "carimbado" o seu calção
e logo sae de campo o centroadvante,
a fim de se trocar, porque, sinão,
será fatal que escute e o povo cante:

"Cagou nas calças! Não é molle, não!"
Comtudo, uma torcida delirante
mal sabe como molle é um cagalhão
que excorre, na corrida, tresandante...

BONS DONS [0484]

{Pertences, Glauco, a alguma dessas seitas?
Que tu te julgas bruxo ou mago, ja
fallaste disso muito. Mas vem ca,
responde então: Por que não te approveitas?

Protege-te! Te vinga das desfeitas!
Te cura da cegueira, que tão má
tornou a tua vida! Jeito dá
na cama que te cabe e em que te deitas!

A fama que meresces, por que não
a crias? Por que editas sempre por
pequenas editoras? Hem, Glaucão?
Serias o maior, hoje, escriptor!}

-- É facil explicar. Minha visão
perdida compensar vou no que for
possivel. Tu não notas, mas estão
commigo os deuses. Tenho um defensor.

VERVE QUE FERVE [0485]

{Caralho, Glauco, porra! Vae tomar
no cu! Gosto da tua poesia
por causa do calão, da putaria!
Mas andas a appurar teu linguajar!

Não fallas tanta merda mais! Um ar
de estylo meio nobre me entedia
nas tuas coisas ultimas! Arria
as calças novamente! Vae cagar!

À puta que pariu tuas pesquisas
estheticas! Eu quero mais chulice,
mais foda, mais fedor! Glauco, precisas
soltar-te mais! Te liga no que eu disse!}

-- Talvez os vendavaes pareșcam brisas,
agora que estou perto da velhice,
mas culpa tens tambem, pois não me pisas
tal como outrora. Falta alguem que risse...

ENTREGA CEGA [0486]

{Faz tempo que, sarrista, não domino
alguem que a mim, de quattro, dê e, vendado,
se deixe castigar. Mas um menino
achei que se subjeita de bom grado.

Alheio olho cegar, do meu aggrado,
é practica frequente: eu determino
que, sem me conhescer, algum veado
masoca a venda ponha. Ahi, lhe brado:

"De quattro! De joelho!" Olho o fulano
sem follego, offegante, ja fodido
na bocca, a se engasgar. Então decido
si exporro ou si lhe mijo. Que tal, mano?}

-- Cegueira temporaria, pelo panno
da venda, dá tesão, mas mais soffrido
meu caso será: a perda do sentido
eterna torna a graça do meu damno.

PIZZONA DA NONNA [0487]

{A pizza brazileira, Glauco, não
tem nada da legitima, a de la!
Recheios tem demais e não está
correcta, ja que é má alimentação!

Alem de não saudavel, a questão
é que ella desrespeita aquella ja
tão typica, a de Napoles, que ca
pouquissimos conhescem! Não, Glaucão!

Não! "Menos é mais", Glauco! Comer pizza
não pode ser mactar a fome, e só!
Você tem que saber, Glauco, precisa
ser menos comilão! Ah, tenha dó!}

-- Nem vale a pena a replica concisa,
mas posso lhe dizer que meu xodó
está naquella pizza que se bisa
só para se empachar: a da vovó.

LUCTA LIVRE [0488]

{Até que emfim, Glaucão! Vão pôr na rua
o Lula! Agora livre, elle emfim vae
vingar-se dessa gente, Glaucão! Ai
daquelles que lhe sentam, hoje, a pua!

Glaucão, agora a lucta continua!
Nós vamos eleger quem ja foi pae
dos pobres e será quem não nos trae,
de novo! Quem é forte não recua!

À forra nós iremos! Prender cada
um delles, tortural-os com requincte,
com choque, pau de arara, chibatada,
porrada, ponctapé, tudo que pincte!}

-- Melhor perguntar antes si isso aggrada
ao Lula. Raiará dia seguinte
a tudo. Nada fica a salvo, nada,
siquer a protecção constituinte.

PROLIXA FIXAÇÃO [0489]

{Prezado Glauco, quem lhe escreve estuda
a sua poesia a fim de, em summa,
razões verificar da sua aguda
neurose na cegueira, affora alguma...

Psychose mais profunda: 'inda que muda,
pretendo rastrear, ou talvez uma
mais grave depressão, que ja só muda
de mal para peor e ao auge rhuma.

Emfim, sua cegueira acho que está
mental, eschizophrenica, alem, claro,
dos traços paranoicos que estão ja
bem nitidos, conforme este meu faro...}

-- É mesmo? Que barato! Não será
difficil encontrar tambem um raro
problema ahi no meio, si gagá
não ando: o do fetiche em que me azaro.

PACTO INEXACTO [0490]

{Carissimo Glaucão, aqui quem falla
leitor é dos seus versos! Eu defendo,
na minha these, que você se eguala
ao caso de John Milton, caso horrendo!

Mas elle se salvou, naquella falla
devota, pela acção divina! Vendo
tal caso, constatei que sua valla
cavou o proprio Demo, como entendo!

Pretendo demonstrar que foi Satan
quem pacto lhe propoz, no qual compensa
as trevas com sonnettos de malsan
lascivia, de poetica licença...}

-- Não é sua pesquisa assim tão van,
mas este pormenor não se dispensa:
Satan nada propoz. Sendo meu fan,
appenas concordou com essa crença.

REGRAS DESCAGADAS [0496]

{Glaucão, estou ha tempos intrigada
accerca da sciencia! Tem pesquisa
mudando sempre! Passa por piada
qualquer que dum "perigo" nos advisa!

Assucar, ovo... Nada pode, nada!
Ja pode, de repente, tudo, à guisa
de novas provas medicas! Damnada
da vida fico! Sinto-me indecisa!

Que faço, Glauco? Ou pode tudo, ou não!
Paresce, no Brazil, esse Supremo
que, num momento, toma a decisão
e, noutro, ja "destoma", mais extremo!}

-- Querida, faço tudo por tesão,
appenas, pois os medicos não temo.
No caso das leis, cumpro as que me são
affectas, mas razão... só dou ao Demo!

IDÉA DE GERICO [0497]

{Glaucão, te considero o meu guru,
accyma de qualquer outro! Consentes
que eu tenha tal noção, Glauco? Sim, tu,
somente, tem idéas coherentes!

Não, Glauco! Olavo, Lula, são tabu,
agora, para mim! Só tu não mentes!
Lamarca, Marighella, até Dudu,
Carlucho, todos são inconsequentes!

Dispenso Hitler, Franco, Mussolini!
Nem leio mais Kardec ou Sartre, meu
guru! Qualquer poema teu define
meu mappa astral, satanico ou atheu!}

-- Ainda que em mil casos eu opine,
bobagem é seguir-me. Você deu
bobeira. Mas suggiro que me urine
na bocca, pois, masoca, assumo o breu.

AZEDA TANGERINA [0503]

Urina allaranjada, muito forte
seu cheiro. De proposito, o subjeito
não dá a descarga, deixa alli. "Bem feito!",
commenta. Alguem exsiste que o supporte?

Exsiste, sim. Um cego, cuja sorte
virou thema de chiste: "Eu me deleito
sabendo que não tenho o seu defeito
nos olhos!" O mijão não é de morte?

Sarrista que só elle, quer que tenha
para algo utilidade a bocca muda
do cego, penetrada com ferrenha
dureza pela rolla, que é grahuda.

Só resta que obedesça. Assim, se empenha
o cego, ouvindo: "Invalido! Caluda!
Se exforce! Chupe! Lamba! Antes, saccuda
meu pau mijado! Chega de resenha!"

PAPPO DE LAVADEIRA [0505]

{Glaucão, o Cyro Gomes tem razão!
A constituição não é cueca,
que a gente troca todo dia, não!
Não, neca de emendar as regras, neca!

Corruptos todos foram, todos são!
Appenas porque errou ou porque pecca
alguem, nós não podemos cagalhão
ver molle cada vez que se defeca!

Concorda, Glauco? O Cyro bem colloca
as coisas, falla tudo claramente!
Sim, claro que elle, muitas vezes, choca
pessoas mais sensiveis, como a gente!}

-- Quem disse que cueca a gente troca
assim, diariamente? Quem aguente
trez dias ou mais ha! Muito masoca
por cyma della chupa, gosto sente!

DIA DO DIABETICO [0511]

{Cortei ja meu assucar todo! Nem
café mais tomo, caso não esteja
amargo! Diabetico tambem,
você não ganha bollo nem cereja!

Mas isso não tem graça, Glauco! Tem?
A gente quasi nada mais festeja!
Será que solução inventa alguem
praquelle que comer doces almeja?

Meu sonho é comer sonho, o proprio sonho,
alem de chocolate, puddim, torta
de leite condensado! Mas, tristonho,
nenhuma real scena me comforta!}

-- Não quero nem saber! Si me disponho
a doces comer, como! Que me importa
morrer mais cedo ou tarde si, enfadonho,
meu dia rolla sempre em hora morta?

DE PYJAMA NA CAMA [0514]

Photographos dos Beatles, eu ja pude
ver isso, registraram uma lucta
dos quattro, sem judô nem força bruta,
mas sim de travesseiros. Nada rude.

Aquillo me ouriçou, na juventude,
pois vi seus pés descalços, quando um chuta,
empurra, pisa, puxa, na disputa
de espaço, numa comica attitude.

Simulam ser creanças. Eu simulo
commigo quem teria seu pé posto
na cara do collega que, disposto
a ser pisado, finge errar o pullo.

Poder de reacção seu sendo nullo,
do Lennon leva a sola bem no rosto,
tal como ja levei. Beijei com gosto,
mas fiz que não queria ser tão chulo.

ATTIRADORES DE ELITE [0515]

{Mal posso crer, Glaucão! Ouvi fallar
que cegos ja ficaram muitos, em
chilenas ruas! Todos, por azar,
nos olhos balleados! Graça tem?

São ballas de borracha, no logar
daquellas que, de chumbo, leva quem
guerreia por ahi, mas vão cegar
uns olhos si pegarem nelles bem!

Não, Glauco! Ja pensou? Que legião
de cegos repentinos, na agonia
das dores e das trevas! Como vão
fazer? Como voltar ao dia a dia?}

-- Lamento, sim, mas tanta compaixão
ninguem teve, na phase em que eu perdia
a vista. Algum chileno mais irmão,
si fosse masochista, meu seria.

MEIO CHEIO [0520]

De tanto ver vencendo o mau subjeito;
de tanto ver que fama a gangue goza;
de tanto ver citado o Ruy Barbosa;
de tanto ver um crime ser perfeito;

Ver tanto um activismo no direito;
ver minima a sentença que se dosa,
restricta a poesia a mera prosa,
me vexa pelo pouco que approveito.

De tanto ver o povo brazileiro
achando que normal é fazer feio,
que os fins se justificam pelo meio
e os meios maus se tornam por inteiro,

Accabo concluindo que fuleiro
é tudo de decente em que 'inda creio
e nada do que gozo tem um freio,
si penso num pé sujo ou no seu cheiro.

PANNOS QUENTES [0523]

{Por cyma da cueca de trez dias
quiz elle ser chupado, como disse
teu verso, Glauco! O gajo quiz que visse
nadinha quem chupasse por taes vias!

Sim, Glauco, o chupador usou seus guias
nas trevas: as narinas! Cheirou "piss" e
mais "cheese", esse escravinho! Que chatice,
não achas? Que mau gosto! O que dirias?}

-- Te digo que chatice, propriamente,
não foi quando chupei um pau por cyma
da sunga ja mijada, pois quem prima
por ser cego ou masoca não desmente.

Difficil foi chupar a repellente
cueca appós o gozo, pois, no clima
do sarro, o gajo, caso mais opprima,
me engasga com seu creme em panno quente...

IDEAL BIENNAL [0524]

{Dizer que no Brazil democracia
não vinga, Glauco, é cynico bordão!
Nós somos o paiz onde se fia
mais nesse ideal typo de nação!

Hem? Qual paiz no mundo vae, por via
do voto, um anno sim, um anno não,
às urnas, excolher alguem que guia
do povo os interesses? Hem, Glaucão?

Não, Glauco, convenhamos! Não podia
haver, por tantas vezes, eleição
em patria alheia alguma! Si tardia
chegou, essa jamais nos tirarão!}

-- Quem disse que isso, só, dá garantia
de termos nós menor a corrupção,
a mafia, a falcatrua, a mordomia!
Temptado, o militar volta, amigão!

MEU PAU, O DELLE [0529]

Meu pau, quem o chupar quero que esteja
sciente de que enxergo muito bem,
emquanto quem me chupa ja não tem
visão nenhuma, aos nossos pés rasteja.

Meu pau, quem o chupar irá cereja
lamber, fazer de compta que não vem
sentindo o que elle fede. Chupa sem
repulsa a queijaria que sobeja.

Meu pau, quem o chupar nada festeja.
Appenas eu festejo, mais ninguem.
O cego chupa, mudo. Faz, porem,
ruidos com a bocca bemfazeja.

O pau quem me chupar não tem egreja
nem prece. Só dirá, depois, amen,
que eu goze em seu gogó que nhenhenhem
não faz sem que ridiculo não seja.

ETERNO CALOR MATERNO [0533]

A minha mãe morreu soffrendo. Tento
lembrar-me disso o quanto menos, mas
me lembro quando as coisas andam más.
Ninguem meresce tanto soffrimento.

Coitada, agonizou. Eu não aguento
soffrer nem a metade do que, nas
semanas terminaes, ella, tenaz,
passou. Ja passei, acho, uns dez por cento.

Mas, quando supportando não vou mais,
não rezo, propriamente, nem levanto
as mãos ao céu. Appenas, no meu cantho,
concentro-me e, por ella, choro uns ais.

Milagre não direi, mas cruciaes
symptomas cessam. Para meu expanto,
meus ais escuta alguem que, tanto quanto
sei, vive eternamente entre os mortaes.

JURURU COM PIRIRY [0535]

Um drama que nos rende estragos é a
terrivel diarrhéa, alimentar
disturbio que, depois dum mau jantar,
fará que nos lembremos do filé! Ah!

É molle, ou quer mais? Puta diarrhéa!
Em agua transformou o que cagar
iriamos mais solido! Vulgar,
nomeia "caganeira" a voz plebéa.

Da cama, vou ao vaso. Vou do vaso
de volta para a cama. Ja da cama
de novo vou ao vaso. Me comprazo
si nada para fora se derrama.

Trez dias o remedio deu de prazo.
Na falta do cocô, meu cu reclama.
Bemvindo o peido, mesmo com attrazo,
que tanto fez, em verso, minha fama!

MYSTICO DIAGNOSTICO [0538]

Os medicos attendem muita gente
com queixas variadas. Ha quem pose
de enfermo appenas para ter a dose
dalgum medicamento entorpescente.

Porem, quando o queixoso paciente
reclama vagamente, 'inda que goze
de boas condições, diz que é "virose"
quem tracta do "mysterio" que elle sente.

"Virose" virou termo para tudo
aquillo que ficou mal enquadrado:
cystite, diarrhéa, resfriado,
dor, febre, caso chronico ou agudo.

Mas eu, pessoalmente, não me illudo,
pois, mesmo sem ter visto o resultado
de exames quaesquer, digo, pelo lado
mais obvio: o meu azar vem do Chifrudo.

DELICATESSEN DELIVERY [0542]

Me intriga aquelle apê do tango. Tem
victrola, telephone, bibelô
de gatto, meia luz, clima pornô...
Mas e quando, faminto, chega alguem?

A musica não falla si tambem
tem coppa, tem cozinha, si um bistrô
funcciona alli no terreo, si um alô
ja basta, si esse lanche logo vem.

Emquanto ninguem chega, tempo dá
de sobra a uma gazosa, a um sandubinha
de queijo, de fiambre, de sardinha
em latta, até de atum. Que bom será!

Da hora si passar, ja de fubá
um bollo, um manjar branco, supprem minha
carencia. Quando chega alguem, nadinha
sobrou. Estou dormindo. O coito? Bah!

JARDINS SUSPENSOS [0544]

Passaram elles decadas trocando
appenas o seu nome. Minhocão
o povo preferiu. Agora não
dá tempo, pois um parque vae virando.

Mas não porque quizessem. Leve e brando,
um verde foi brotando pelo vão
rachado no concreto. Ja grandão,
o tronco ramifica, arborizando.

Na nossa Babylonia paulistana,
um bosque só se forma si for pelo
processo natural, sem um modello
ou plano, sem proposito, sem grana.

Emquanto a prefeitura, que se uffana
das obras, não suspende esse novello
selvagem, a cidade pode vel-o
florir, primaveril, uma semana.

ROPTINA NATALINA [0546]

Não nego um interesse pessoal
na velha tradição. Ninguem contesta,
na tal data christan, que exsista festa
global, commercial e cultural.

Mas... meias penduradas? Dão aval
a algum fetiche, claro! Só me resta
suppor que estejam fetidas e, desta
maneira, phantasio o meu Natal:

Fazendo o meu papel, Papae Noel
as troca por novinhas e cheirosas,
mas leva para casa as que de rosas
perfume não terão o mais fiel.

Em casa, as cheira até que, no papel
do typico podolatra, gostosas
imagens lhe suggiram, como glosas
que evoquem novo motte ao menestrel.

MILAGRE PREVISIVEL [0548]

Magrella, abbandonado, o bassê está
no agguardo da adopção. Mas é ja quasi
Natal e ninguem pensa, nessa phase
phrenetica, nos bichos sem pappá.

Será? Pois este aqui deu sorte e ja
achou quem o quizesse. Vae, em paz e
sossego, bem comer, nem que extravase
xodós quem tanta boia ao bassê dá.

Ja muitos commentaram essa sorte
que teve, verdadeiro presentão
de festas natalinas. A questão
não é que um cão, mimado, se comforte.

Presente, quem ganhou mesmo, que importe
frisar, foi a familia que esse cão
tornou seu novo membro, ja que não
exsiste melhor anjo desse porte.

LAVAGEM PORCORAL [0551]

Você, terraplanista? Não consigo
crer nisso! Não consigo crer que alguem
consiga crer num troço assim tão sem
sentido! Falla serio, meu amigo?

{Sim, fallo. Por que não? Não dão abrigo
vocês ao lobishomem, ao "alem
sepulchro" dos zumbis, aos monges zen
buddhistas, ao vampiro? Ouça o que digo!}

Mas pense ca! Depois daquelle Antigo
Mundinho, o pensamento ficou bem
mais culto, scientifico! Se tem
noção do Kosmo! Pense ca commigo!

{Na physica, ja "quantica", me instigo
a ver como illusão tudo que vem
do olhar mais astronomico. Ninguem
provou que de morrer não ha perigo...}

APPOSTAS PELAS COSTAS [0552]

{Você daria credito a um guru
que diz, caso um politico seu seja
flagrado corrompendo, uma cereja
capaz ser de chupar, do Cão, no cu?}

Do Demo nem precisa ser o nu
buraco que elle chupe. Qual egreja
appoia tal guru? Não! Quem deseja
moral dar a quem brinca de tabu?

{Ainda si elle fosse, Glauco, um vate
assim como você, que palavrões
transforma numa lyra que Camões
talvez tangesse... va que desaccapte!}

Ainda assim, alguem que em verve empatte
commigo, de guru ter temptações
politicas, não colla. De ladrões
só pode ser amigo o bonifrate.

YO NO SOY MARINERO [0556]

Alguns querem ser feitos, pelo Olavo,
de trouxas. Alguns querem pela Greta.
Questão de gosto. Uns gostam da canneta
azul, outros a Verdi bradam "Bravo!"

Sou sadomasochista. Fui escravo
de normovisuaes e quem commeta
commigo crueldades a punheta
dum cego proporciona, sem aggravo.

Por gosto ter um velho, uma nympheta
por lider não me toca, nem eu travo
polemica por isso. Quem conchavo
quizer com capitães que engula a peta.

Mas trouxa não sou, mesmo. Nem boceta
novinha, nem gurus, por quem centavo
não dou, me dão sermão, pois eu não lavo
a bocca caso um mano o pau lhe metta.

TURMA DO MALÃO MAGICO [0558]

Ficou Justin grandinho demais para
servir de bonequinho pros seus teens.
Agora chega a Greta, que mirins
anxeios representa com voz clara.

A Barbie, superada, ja nem tara
desperta, ja nem mancha jovens jeans.
A nova bonequinha tem mais fins,
mais meios, à Madonna se compara.

À parte quem moral qualquer não tem
por ser bolsonarista, acha a platéa
babaca que faz Greta muito bem
em seu papel, com manha, na Assembléa.

Bonecos de ventriloquo, ninguem
os pode condemnar. Bem peor é a
massinha de manobra. À mente vem:
"Bilu, bilu, bilu! Bilu, tetéa!"

LENDA URBANA [0562]

{Você, caso um cigarro accenda (cito
a bomba alli do posto), lhe asseguro:
seja alcohol, gazolina, não é mytho:
vae tudo pelos ares, Glauco, juro!}

Jurar nem é preciso. Eu accredito.
Tambem um cellular pode, no duro,
causar uma explosão. Sei dum perito
que, nisso, não ficou em nenhum muro.

{É mesmo? Que lhe disse esse senhor?
Apposto que fallou elle, tambem,
do tal carregador! Diz que, si for
deixado na tomada, macta alguem!}

Sim, elle confirmou. Sinto um terror
damnado quando passo perto, bem
pertinho, ca, dum posto. Vou compor
agora mesmo uns versos, falta sem.

OUTRA LENDA URBANA [0563]

{Cigarros electronicos tambem
mactar podem! Sabia, Glauco? Ouvi
fallar que ja morreram, por aqui,
milhares! Mas se importa, affinal, quem?

Disseram que maconha alguns ja teem
na formula! Calcule si um sacy
fumasse o cachimbinho que ja vi
fumar um lobishomem, muito zen!

Voltando aos accidentes, se commenta
que explodem os cigarros! A cabeça
do gajo vejo, caso lhe accontesça
aquillo, qual ballão que se arrebenta!}

-- Verdade? Solta fogo pela venta
a mula sem cabeça... Não se exquesça:
Mais colla a fajutice mais advessa.
Mais pecca quem virtudes mais obstenta.

DURA ADVENTURA [0565]

Eu quero um alpinista ver cahindo
do picco do Everest, em toda data.
Eu gozo quando o touro chifra e macta
o celebre toureiro, um galan lindo.

Eu quero um trapezista de la vindo
e quero se fodendo um acrobata.
Aquelle dos ballões ja nem se tracta
dum "padre voador", ao céu bemvindo.

Fodeu-se, desviado para o mar,
comido pelos peixes. Foi bem feito.
Adoro quando um "magico" subjeito
se ferra ao, do perigo, caçoar.

Ja basta a nossa vida, tão vulgar,
que temos de viver de qualquer jeito,
luctando dia a dia. Não respeito
quem queira de coragem licções dar.

SCENA TERRENA [0566]

{As aguas sobem tanto, quando vem
a chuva de verão, que sae do carro
quem vinha dirigindo! O que lhe narro
occorre muito, Glauco! Veja bem!

Ao tecto do vehiculo elle tem
que, rapido, subir! Mas é bizarro
o caso, pois as aguas, mais o barro,
não param de subir! Aguenta quem?

Até que, excorregando, o gajo cae
naquella correnteza! Todo mundo
assiste! Elle é levado num segundo!
Seu corpo, ja não visto, longe vae!}

-- Sei disso. Ouço no radio. Caro sae,
da victima, à familia. Vagabundo,
exime-se o politico. Eu redundo
si indago: "Quem perdeu crerá no Pae?"

pólen soft 80 gr/m2
tipologia cambria
impresso no inverno de 2020